L'AMOUR BERGER,

COMEDIE

PASTORALE.

Par le S. I.....

A ROUEN,

Chez BONAVENTURE LE BRUN Imprimeur-
Libraire ruë neuve S. Lo.

M. DC. LXXXVII.
Avec Permission.

ACTEURS

L'AMOUR
MOMUS } Dieux.

ORONTE Prestre.
PYRRHA Prestresse.

AMARILLE
ZELIDE
PHILIS
CLIMENE } Bergeres.
CLEANTHIS
MYRTILLE

LYSIDAS
CORIDON
TYRSIS
CLITANDRE } Bergers.
DAPHNIS
DAVE

La Scene est proche d'une Forest de Thrace.

PRE'FACE.

CEux qui ne cherchent que la politeſſe & l'exactitude dans un Ouvrage, n'ont que faire de lire celuy-cy : Ils n'y trouveroient rien moins que cette juſteſſe delicate qui fait le principal objet des perſonnes qui écrivent aujourd'huy, & j'avoüe franchement que cette Piece a beaucoup moins de la regularité françoiſe que du Bouffon des Italiens, auſſi n'étoit-ce pas pour acquerir de la gloire que je l'a fis dans un âge aſſez jeune, comme ce n'eſt pas aujourd'huy le motif qui me l'a fait mettre au jour, c'eſt pour avoir le plaiſir de la voir condamner à des ignorans qui s'en font un de blâmer des Ouvrages auſquels le plus ſouvent ils ne comprennent rien, à qui la rencontre d'un mot hors de ſa place, ou d'une ſyllabe mal arangée donnent des convulſions, & qui ne cherchent point à ſe divertir en liſant une Piece qui n'eſt faite que pour cela, mais qui cherchent au contraire à avoir matiere de ſe chagriner. La lecture du *Paſtor*

PREFACE.

fido, m'avoit donné extrémement du penchant à faire quelque Ouvrage qui eut de sa tendreffe & de fon en joüement, & celle de l'Amynte changea ce penchant en une demangeaifon qui ne put ceffer que je n'euffe mis la plume à la main ; je l'a pris & fis cette bagatelle en quinze jours de temps fans en avoir dreffé aucun plan, & fans fçavoir même lorfque je faifois une Scene ce que je devois mettre dans celle qui fuivoit : Si cette facilité d'écrire ne femble pas plus loüable que les fautes qui s'y rencontrent ne femblent dignes de blâme : Je feray comme cet Abbé de Caën de qui l'on voit fi fouvent des Ouvrages, & je diray en me confolant tout le monde fe mocque de moy ; mais qu'importe, j'ay toujours le plaifir d'écrire.

PROLOGUE,

L'AMOUR, MOMUS.

L'AMOUR,

JE suis las d'exercer les Dieux,

Et de donner des loix au Maistre du Tonnerre ;
Il faut que j'aille sur la Terre
Y faire en me joüant ce que j'ay fait aux Cieux.
Il est certains côteaux vers les climats de Thrace
Où l'on me connoist moins que je n'ay resolu :
Je ne crois pas pour peu de sejour que j'y fasse
Que les cœurs y restent de glace,
Et qu'on n'y suive pas mon pouvoir absolu.
Je vais dans ce Pays conduire l'allegresse
Qui me suit partout où je vas :
Mais que veut dōc Momus qu'il vole, & qu'il s'em-
A marcher ainsi sur mes pas.   [presse

MOMUS.

Ce que je veux moy.

L'AMOUR.

Oüy.

MOMUS.

Je veux par tout vous suivre,
Vous dresser, vous faire la Loy,
Vous tourner, vous apprendre à vivre,
Et vous montrer, compere, à n'aller pas sans moy.

L'AMOUR.

Momus fera toûjours dans fon humeur de rire ;
C'eft en vain contre luy qu'on voudroit fe fâcher :
Il ne faut que l'entendre & que le laiffer dire,
C'eft l'unique moyen de pouvoir l'empêcher
De bouffonner & de médire.

MOMUS.

Que dites-vous donc là ? dans le fond de vos deux
Je penfe avoir ouy prononcer quelque chofe.

L'AMOUR,

Point du tout.

MOMUS.

Il faut donc que je fois de ces gens
A qui leur oreille impofe.

L'AMOUR.

Il le faut je dis feulement
Qu'en ces lieux le peuple s'apprête
A folemnifer une fête
Dont je veux augmenter la pompe & l'agrément.

MOMUS.

Bon cela, mais je veux eftre de la partie ;
Auffi bien, cher amour, que feriez-vous fans moy,
On s'ennuye de vous ma foy,
Et fi je ne vous fers avec ma raillerie,
Vous n'êtes pas de grand aloy.

L'AMOUR.

Bien foit, n'en parlons plus, admirons ce fpectacle,
Et de ces jeux charmans achevons le miracle.

MOMUS.

Mais encor quâd j'y penfe entre nous, cher Amour,
Qui diantre vous amene en ce mortel fejour ?
Que venez-vous y faire. Avez-vous dans la tefte
D'y venir acheter ou vendre quelque befte ;
Eftes-vous maquignon : aimez-vous les Chevaux

Ou si vous y venez pour acheter des Veaux ?
Dites donc: ferez-vous quelque emploite à la foire,
Ou si vous n'y venez que pour dire que voire.
Répondez,

L'AMOUR,
Que veux-tu pour bannir le lou.
Je viens de cette pompe augmenter le plaisir,
Y causer les effets que cause ma presence,
En redoubler la joye & la magnificence,
Faire faire en ce lieu ce qu'on fait où je suis
C'est-à-dire bien rire & bannir les ennuis.

MOMUS.
Hom hom : Je vous entens; l'exercice est honnête
Vous venez apporter force bois à la feste,
C'est-à-dire obliger la Bergere à l'écart
A faire en tapinois d'un Berger un Cornart.
Fort bien

L'AMOUR.
Il n'est rien moins que ce que tu veux dire,
Des cœurs qui sont à moy je renonce à l'Empire
Je n'en veux qu'à ces Gens qui rejettent mes loix,
Qu'à ces cœurs endurcis qui sont sourds à ma voix,
Et qui me refusans l'honneur de leur défaite
Rendent mes efforts vains & ma gloire imparfaite,
Qui trouvent du scrupule à se laisser charmer,
Qui se font un honneur de ne jamais aimer,

MOMUS.
Oh oh ! est-il beaucoup de ces Messieurs au monde
Qui s'empêchent d'aimer ou la Brune ou la Blonde,
Et qui moins ignorans que le sieur Jupiter
Sçachent mieux que luy l'art de s'en bien exemter ?

L'AMOUR.
Il s'en trouve, Momus.

A ij

MOMUS.

Quoy pendant que tout aîme,
Que tout a de l'amour & que j'en ay moy-même,
Que les ours dans les bois, les Poissons dans la mer,
Les Reptiles dans la terre, & les oiseaux dans l'air,
Enfin que toute chose aime dans la nature,
Parmi le genre humain il seroit creature
Qui pût demeurer ferme, & malgré vos appas
Dire aime qui voudra pour moy je n'aime pas.

L'AMOUR.

Il est ainsi, Momus, sur tout dans cette terre
Les cœurs des habitâs sont tous nez pour la guerre,
Des Charmes les plus grands ils fuyent la douceur,
C'est un tourment pour eux que ma plus tendre ardeur :
Pour eux l'Amour n'est point un plaisir legitime,
Jamais on ne l'y fait qu'on ne commette un crime,
Tout ce qu'ils ont d'amour n'est que pour les com-
Et pour eux la tendresse est un bien sans appas :(bas
Rien encor pour l'ardeur dont ils aiment la guerre,
S'ils n'en infectoient point le reste de la terre,
Mais déja sur les bords où le Soleil qui fuit
Acheve sa carriere & fait naître la nuit,
Des Peuples tous entiers, des Nations entieres
N'ont plus d'autres ardeurs que des ardeurs guer-

MOMUS.   (rieres.

Oh cela n'est pas bien : il faut faire l'amour,
Et c'est bien la raison qu'on la danse à son tour,
Mais estes-vous bien seur qu'en Gaule comme en
                              [Thrace
Il soit bien de ces Gens qui n'aiment qu'à la glace,
Et qui lors que leurs yeux voyent de beaux objets,
Deffendent à leur cœur de faire de projets.
Croyez-moy tout leur fait n'est rien qu'hypocrisie;

Ceux qui craignent d'aimer en ont le plus d'envie:
Ce sont de Charlatans, des Tartuffes d'amour,
Gens qui bruslent de nuit, s'ils ne bruslent de jour

L'AMOUR.

C'est ce que je prétens, & c'est dans cette vuë,
Que j'ay percé les Cieux & traversé la Nuë,
Je veux rendre amoureux & toucher les Bergers
Que ce jour chaque année assemble en ces vergers ;
Je veux leur inspirer aujourd'hui pour mes charmes
L'ardeur que leurs Heros ne donnent qu'à leurs ar-
Les mettre sur le pié de recevoir ma loy,   [mes,
Et de ne respirer ny vivre que pour moy.

MOMUS.

Oh vous reüssirez, ou j'engage ma teste !
Testebleu que de Gens qui vont estre de feste ;
Que de Gens qui vont rire & danser comme il faut!
Oh je ne doute point qu'ils ne vinssent bientost.

L'AMOUR.

Je m'en vais un moment parcourir ce Boccage,
Et visiter un peu les Forests d'alentour ;
          Souvien-toy toûjours d'estre sage,
Et de ne declarer ny Momus, ny l'Amour.

MOMUS.

Non non, puisque je suis le tenant de la feste,
          Et que l'Amour est en defaut :
          Je prétens en faire à ma teste,
Il faut que de mon chef je livre quelque assaut,
          Et qu'à quelque Bergere honneste
          Je fasse faire le saut.

FIN DU PROLOGUE.

B.

ACTE I.

SCENE I.

ZELIDE, MOMUS, AMARILLE.

ZELIDE.

MA Sœur fi vous fçavez ce que c'eft que l'A-
　　Dites-le moy je vous en prie, [mour
Car je ne fçais depuis un jour
Ce que j'ay dans la fantaifie :
On m'a dit que ce n'eft que de l'amour que j'ay.

MOMUS.

Ne voilà pas mon compte : & d'une, & d'une belle
De qui le cœur en tient dans l'aîle.

ZELIDE.

Je me fens le cœur tout changé
Je ne fçais ce que j'ay dans le fond de mon ame
Qui me chagrine & qui m'enflame,
C'eft un mal qui me gêne & qui me met à bout,
Si c'eftoit de l'amour dites-moy comme faire,
Car j'ay beau vouloir m'en défaire
En quelque lieu que j'aille il me trouve par tout.

AMARILLE

Ma Sœur je ne fçais pas fi de même planettes
Nous ont vû naître toutes deux :
Mais du cofté de l'aveu que vous faites,
Mon cœur n'eft pas moins malheureux :
Le même chagrin m'embaraffe,
Et je crois reffentir fur tout depuis un jour,
Tout ce que l'on m'a dit que fait fentir l'amour,

Je crains que nous n'ayons une même disgrace.

MOMUS.

Et deux.

ZELIDE.

Dieux qu'est-cecy que nous venons de dire.

MOMUS.

Dieu vous gard : poursuivez.

AMARILLE.

Ma Sœur qu'avons-nous dit.

ZELIDE.

Vray Dieu comme il est fait : c'est je pense un esprit.

MOMUS

Poursuivez donc vous dis je, ou bien je me retire.

AMARILLE.

Hé, mon Dieu, sauvons-nous.

MOMUS.   *s'opposant à sa fuite.*

Où voulez-vous aller ?

ZELIDE.

Nous prétendons aller où nous avons affaire.

MOMUS.

Vous êtes bien hardie : Alte-là la Bergere.

AMARILLE.

Ma Sœur c'est un esprit : il n'en faut plus parler
Sauvons-nous.

MOMUS.

Par la mort, si vous changez de face.

ZELIDE.

Mais encor que nous voulez-vous.

MOMUS.

Que pour appaiser mon couroux
Chacune de vous deux m'embrasse
Vite, & qu'on ne differe pas.

ZELIDE.

Ah, mon Dieu, tuez-moy ; j'aime mieux le trépas.

B ij

AMARILLE.

Arrachez-moy plutoft la vie.

MOMUS.

Ah ah : vous voulez donc que ie vous eftropie,
C,a ça.

ZELIDE.

Hé.

MOMUS.

Vite donc.

ZELIDE.

Mon Dieu!

MOMUS.

Que de façon.

AMARILLE.

Mais encor que nous veut ce vilain Poliffon.

MOMUS.

Que l'on m'embraffe vite.

ZELIDE.

Mon Dieu!

MOMUS.

Hé bien mon Dieu! que fert cette chanfon :
Vous en feriez déja quitte.

ZELIDE.

Ah! Seigneur tuez-moy plutoft :
Oüy j'aime mieux mourir que de baifer un homme.

MOMUS *Se mettant en pofture de mal-
traiter ou plutôt embraffer Zelide , Amarille fe
jette à fon Col.*

Retirez-vous que je l'affomme :
Pourquoy ne faire pas les chofes comme il faut.

SCENE II.

MOMUS, LYSIDAS, AMARILLE, ZELIDE.

LYSIDAS.

OU suis-je? sommeillay-je, oubien si je suis mort,
Resvay-je ? ou si j'ay la berluë ?
Non morbleu, je n'auray pas tort
Allons : il faut que je le tuë.
Mais quoy qui me retient le bras,
Qu'est-ce que je sens qui me lie,
C'est un Sorcier de Thessalie.
Mais morbleu qui me rend si las :
Je n'ay pas le pouvoir de bransler ma houlette?

ZELIDE.

Ciel voilà justement le Berger Lysidas.

MOMUS.

Ne vous chagrinez point, je vais faire retraite
Il ne branslera pas . Serviteur, serviteur.

LYSIDAS.

Atten-moy-à larron d'honneur.
Que je.

MOMUS.

Serviteur, Serviteur.

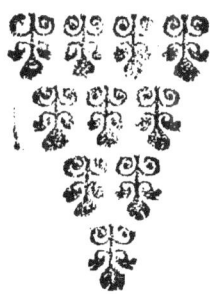

C

SCENE III.

LYSIDAS, AMARILLE, ZELIDE.

LYSIDAS.

LE Voleur qui baiſoit à la fois deux Bergeres,
AMARILLE.
Quand vous voudrez pourtant vous pourrez dire
LYSIDAS.   mieux.
En effet : il eſt vray que je n'ay pas des yeux,
Et que ce que j'ay vû n'eſt encor que chymeres
Non non, vous n'aimez pas, les preuves en ſont
AMARILLE.   claires.
N'avez-vous pas bien vû que ce n'eſt qu'un eſprit,
N'allez-vous point encore enrager de dépit
          Et prendre encore pour un homme
Ce qui n'eſt qu'un eſprit, qu'un ombre, qu'un fan-
LYSIDAS.   tôme ?
La peſte quel eſprit quel fantôme, quelle ombre :
Fy fy de ces eſprits : aprés ce que j'ay vû
Si vous voyez ainſi des eſprits en grand nombre
J'aurois toûjours au mien que je ſerois…perdu.
AMARILLE.
Vous pouvez vivre en aſſeurance
En vain de ce coſté vous auriez quelque peur,
          Ce que je ſens pour vous d'ardeur
Ne vous doit point encor donner de défiance.
LYSIDAS.
Eh bien l'eſprit déja joüe-t'il pas ſon jeu.
          Helas malheureuſe entreveuë ;
Avant qu'on vit l'eſprit on eſtoit tout en feu :

Mais depuis qu'on l'a vû mon amour n'a plus lieu,
   Et l'on me regarde aussi peu
Que si j'étois tombé du centre d'une nuë.
Esprit maudit esprit d'où donc es-tu venu
   Pour me porter ainsi bisiere :
Qui t'a fait ? où vas tu ? qui t'a mis en lumiere
Pour me venir ainsi ravir ce qui m'est dû ?
         AMARILLE.
En verité, Berger, vous n'estes pas trop sage :
Vous croyez avoir vû ce qu'on ne vit jamais.
Je ne puis voir des Gens à qui de vains regrets
Leur font de leur esprit perdre l'entier usage.

SCENE IV.

LYSIDAS.

Leur font de leur esprit perdre l'entier usage.
Ainsi l'esprit toûjours luy revient à l'esprit,
Et dans le même instant que l'ingrate me fuit,
Elle me jette encor son esprit au visage.
Esprit maudit esprit, helas ! que je prévoi
Que tu me vas couter de peines & d'allarmes,
      Que je vay faire de vacarmes
      Dans la colere où je me voi,
      Encor s'il avoit eu mes charmes,
S'il avoit esté grand, bien fait, beau comme moy,
J'aurois eu patience, & d'essuyer mes larmes
      Je me susse imposé la loy.
Mais qu'un vieil malotru qui n'a pour tout d'un
      Que l'apparence & le fantôme,   (homme
      Qui choque & qui déplaist aux yeux
Me vienne dérober ce que j'aime le mieux,
               C ij

Morbleu c'est un outrage à s'aller faire pendre,
C'est un affront si grand, si dur, si furieux,
Qu'il n'est rien à present que je n'ose entreprendre,
Et puisque je me vois à ce point malheureux,
Je m'en vais.

SCENE V.

LYSIDAS, TYRSIS.

TYRSIS.
LYsidas, sçais-tu bien la nouvelle.
LYSIDAS.
Nou : qu'elle.

TYRSIS.
Sçais-tu que l'Amour
Paroît en ces lieux-mêmes où la feste t'appelle,
Et qu'orné de l'éclat de sa gloire immortelle
Il s'est fait voir icy depuis un jour.
LYSIDAS.
Et quoy, quel amour, qui?
TYRSIS.
L'Amour, le Dieu d'Amour
Qui du Ciel & des cœurs fait toûjours son séjour.
LYSIDAS.
Attendez, attendez je commence à comprendre:
J'entens même déja tout ce que vous avez dit,
Ou du moins je crois l'entendre.
N'est-ce pas un Minois Vilain, Camard, Petit
Et qui tantost sur ces mêmes bruyeres,
Baisoit à la fois deux Bergeres,
Et qu'on disoit être un esprit.

TYRSIS.
Non, ce que je dis n'est point fable,
C'est une pure verité :
Elle-même Pyrrha me l'a tantôt conté,
Il n'est rien plus veritable.

LYSIDAS.
Ce n'est point un petit marois
Qui n'a pas de hauteur plus d'un quart de coudée,
Dont la taille est mal-faite, & la mine ridée,
Qui n'a ny prestance, ny voix,
Et qui tantôt au sortir de ce bois
Lame de rage possedée
Tenoit entre ses bras deux filles à la fois.

TYRSIS.
Les apparences sont petites
Que l'Amour soit ce que vous dites :
Car ce n'est point ainsi que l'on dépeint ce Dieu.

LYSIDAS.
Quel Dieu ;

TYRSIS.
Le Dieu qui fait qu'on aime,
Et que du haut du Ciel est descendu luy même
Pour passer avec nous les fête en ce lieu.

LYSIDAS.
Peste quel Dieu pour moy, parbleu j'en ay dans
Mais encor comme est-il basty. [l'aisle,
Quel est son air, son port, sa taille, son modele,
Et que vient-il faire icy ?

TYRSIS.
Ma foy si vous voulez en sçavoir davantage,
C'est à d'autres qu'à moy qu'il le faut demander.

LYSIDAS
Je veux être pendu si ce n'est le visage
Que par mes crys tantôt je n'ay pû retarder

C iij

Qui me fait faire ce meſſage.
Il pretendoit chez moy paſſer pour un eſprit,
Et chez d'autres bergers en changeant de langag
Il eſt allé d'un Dieu joüer le perſonnage,
Mais ſi j'ay dans ces lieux encor quelque credit
On lâchera ſur luy tous les chiens du village,
Et ſonnant le tocſin dans tout le voiſinage,
On fera deſerter ce ſcelerat maudit
Comment venir icy ſuborner nos bergeres,
Et nous venir porter malheur :
Ah je vas montrer quil eſt de nôtre honneur
De le chaſſer de nos forieres.

ACTE II.

SCENE I.

LAMOUR MOMUS.

L'AMOUR

HE bien : en quel état as-tu mis les affaires,
Et dans le temps qu'ailleurs j'étois embaraſſ
A faire aimer & bergers & bergeres
Comment tout s'eſt-il paſſé ?

MOMUS.

Par ma foy le mieux du monde,
Et touché que j'étois de l'ardeur de vos feux,
Rien ne s'en eſt fallu que je n'en aye mis deux,
L'une brune & l'autre blonde
En état de me rendre heureux.

L'AMOUR.

Ah, Momus, c'eſt pouſſer trop loin la raillerie :

Ta malice à la fin pourroit nous faire tort,
Il n'étoit pas befoin de fe nommer d'abord,
Et ce n'eft qu'à la fin de la ceremonie
Qu'il falloit de ta bouche éclaircir nôtre fort.

MOMUS.

Vos leçons il eft vray font toutes merveilleufes:
On ne peut rien oüyr de plus fpirituel.
Mais je ne fçais pourtant quand mon plaifir eft tel
J'en trouve quelquefois d'un peu deffectueufes.
  Car à vous voir parler ainfi
  Il femble que voulez dire
Que quand on part des Cieux, & qu'on defcend icy,
  Ce ne doit point être pour rire,
Et que c'eft feulement pour avoir du Soucy.
  J'approuve bien vôtre maxime,
Et trouve comme vous qu'il faut fouvent pâtir,
Mais je n'eftime pas pour cela faire un crime,
Lors que j'en ay le lieu de me bien divertir.

L'AMOUR.

Mais encor qu'as tu fait ?

MOMUS.

  De deux jeunes bergeres
  Toutes deux frifques & legeres
L'une difoit mon Dieu depuis un jour ma fœur,
Ie ne fçais ce que j'ay dans le fond de mon cœur,
Mais plus je m'examine & me fonde moy-même,
  Plus je m'imagine que j'aime.
L'autre lui répondoit : en verité ma Sœur
  Nous avons donc même malheur,
  Car dont je fuis toute étonnée,
  Sur tout depuis une journée,
  Je m'imagine aimer auffi,
  Chofe dont j'ay bien du foucy.
A ces mots bravement je m'avançay vers elles

    C iiij

Ne vous chagrinez point les belles,
Leur dis-je, il est aisé de vous bien contenter.
Jugez si j'étois prêt à leur en bien conter :
Je me sentois d'humeur à poußer la fleurette,
Et comme j'étois prêt à coucher sur l'herbette
    Celle qui me sembloit mieux faite,
Arrive un grand Berger qui criant comme trois,
    Dans le temps que je l'a baisois
Eut fait le Diable à quatre avec sa Houlette,
Si d'un Dieu comme vous je n'avois eu les droits
J'avois bien du penchant à me faire de fête
De faire un peu de peur à ce maître Berger,
    Et luy mettre martel en tête
En prenant le party de ne point déloger :
    Mais la crainte de vous déplaire
    M'obligea de me retirer.
Voyez si j'ay rien fait que ce que j'ay dû faire,
Et si vous avez lieu contre moy de jurer.

L'AMOUR.

Non, Momus, je n'ay point contre toy de rancune,
Et loin de voir à dire à tout ce que tu veux.
    Je voudrois que Momus heureux
Eut osé profiter de sa bonne fortune.

MOMUS,

    Oh ne vous inquietez pas,
Puisqu'il plaît de la sorte à vôtre Seigneurie,
Je n'auray point l'humeur de ces Bergers Soldats
    Qui ne cherchent que les combats,
Et pour vous obliger je feray quelque amie.

L'AMOUR.

Je ne suis point fâché que tu prennes ce soin,
    Quand tu feras quelque conquête
    Tu ne troubleras point la fête
Mais que je sois exempt d'en être le témoin.

MOMUS.

Oüy dea : de vôtre ministere
Croyez qu'on se passera bien,
Je ferai fort bien mon affaire,
Vous ne m'y servirez de rien.

SCENE II.

MOMUS PYRRHA MYRTILLE.

PYRRHA.

NOn je ne connois plus ny le sort ni les Dieux,
Je ne suis plus du Ciel l'oracle & l'interprete,
Où je dois trouver en ces lieux
Sous l'habit d'un berger armé d'une houlette
Un Dieu des plus puissants & des plus glorieux
D'annoncer l'avenir je renonce à l'usage,
Et quoy qu'il m'ait acquis de reputation
Si je ne trouve pas l'amour dans ce boccage,
Je n'en fais plus profession.
Mais quel est ce Berger que nous voyons, Myrtille,
Ne seroit ce jamais le Dieu que je veux voir ?
Il nous le faut un peu sçavoir,
La chose n'est pas difficile.
Oh il a quelque chose au dessus du Berger,
Myrtille, maintenant je ne fais plus de doute
Que le Dieu qui nous écoute
Ne soit le même Dieu que nous venons chercher.
Abordons-le, Myrtille & sçachons de sa bouche
Quel Sacrifice il veut qu'on offre à ses Autels.
C'est moy côme tu sçais que regarde & que touche
De rendre les honneurs qu'on doit aux Immortels.
Grand Dieu n'êtes-vous pas la puissance supréme

D

Qu'adorent les humains sous le nom de l'Amour,
    Vous qui faites que chacun aime.
MOMUS.
Justement.

PYRRHA.
    Qu'un Berger offença l'autre jour
    Par une effronterie extréme,
MOMUS.   [me:
Et quoy donc : Justement, il est vray c'est moy-mê-
    Comment ne me connois-tu pas?
N'est-ce pas le Berger?

PYRRHA.
    Le Berger Lysidas.
MOMUS.
Justement. L'impudent m'osa dire un Blasphême,
Mais il verra bientôt ce que pese mon bras.

PYRRHA.
Qu'est le Dieu que j'ay vû, Seigneur, qui prend la
MOMUS.   [fuite.
Ce n'est rien, ce n'est rien: c'est des gens de ma suite.

PYRRHA.
Il est aîlé je crois?

MOMUS.
    C'est pour aller plus vîte.

PYRRHA.
Ah Dieux! qu'il est bienfait, que ses yeux ont de feu,
Que tous ses traits sont fins & qu'il a de merite,
Si vous ne m'aviez dit qu'il est de vôtre suite
    Je l'aurois pris pour un Dieu.

MOMUS.
A voir les sentimens que vous faites paroître
Vous seriez d'humeur presque à luy faire la cour,
Mais si pour ce maraut vous avez tant d'amour
    Que dites-vous de son Maître.

PYRRHA.

Vous êtes Dieu, Seigneur, & ce mot seul suffit.

MOMUS.

Ne suis-je pas bien-fait, n'ay-je pas bonne mine,
Et si je suis un peu petit,
N'ay-je pas l'air fort noble & la taille bien fine ?

PYRRHA.

Tout-à-fait.

MOMUS.

C'est ce qui semble.

PYRRHA.

C'est ce qui me paroît aussi.

MOMUS.

Oh ça : mais où sont donc vos Bergers ; qu'on s'as-
Faites les tous venir icy.   [semble,

PYRRHA.

Seigneur, j'en vois plusieurs des plus proches villa-
A qui vôtre presence imprime un tel respect [ges
Qu'ils transissent à vôtre aspect ;
Et n'osent à vos pieds apporter leurs hommages.

MOMUS.

Faites les avancer : qu'ils n'ayent aucune peur.

SCENE III.

MOMUS, ORONTE, PYRRA, DAPHNIS,
DAVE, CORIDON, TYRSIS, CLITANDRE,
AMARILLE, MYRTILLE, ZELIDE, CLEANTIS,
PHILIS, CLIMENE,

MOMUS.   [le,

Dieu vous gard, Dieu vous gard, jeunesse pastora-
Ne soiez point honteux de m'offrir vôtre cœur :

Vôtre rusticité me tient lieu de regale.
Hé bien.

ORONTE.

Dieu des plaisirs comme ayant eû l'honneur
D'être vôtre grand prêtre, & vôtre Immolateur
Qu'il vous ay sans reproche en comptant le genisses
Offert plus de cent veaux jadis en sacrifice.
Je viens, Seigneur, au nom de ces jeunes Bergers
Tous comme vous voyez frais, dispos & legers.
Vous prier pour eux tous d'être toûjours le même,
De les faire nager jusqu'au col dans la crême,
De leur donner de l'herbe & des grains à foison,
Vendange copieuse, & fertile toison:
De ne faire jamais avorter leurs femelles,
De leur donner toûjours brebis fortes & belles,
Cheuvres à corne haute, Oyes à long duvet,
Vaches à longue eschine, & porcs à court jaret.
Force coqs, force oisons, force œufs, force volaille,
Cerfs de peu d'encolûre, & bœufs de longue taille.
Abondance d'oignons, de choux, & de naveaux.

MOMUS.

Est-ce bientôt fait?

ORONTE.

D'ails, de raves, de poreaux,
De cheruis, de panets, d'anys, de pimprenelle,
De baume, de persil, de cerfeüil, de surelle.

MOMUS.

Achevez achevez Monsieur l'Immolateur

ORONTE.

Seigneur comme autrefois ayant eu cét honneur,
Je vous dis donc encore, où plutôt je vous prie
De daigner m'accorder cette ceremonie,   [eux.
Ce n'est pas pour moy dea; Ce n'est rien que pour
Dieu me garde à mon âge helas d'être amoureux,

C'est

L'AMOUR

C'est de ne souffrir pas que jemais leurs Bergeres
Leur donnent le chagrin de devenir legeres.

MOMUS.

Est-ce tout ?

ORONTE.

Oüy Seigneur

MOMUS.

Allez il sera fait.
Et vous que voulez vous de moy, jeunes Bergeres.

MYRTILLE.

Nous vous venons Seigneur faire quelques prieres
Dont vôtre cœur sera peut-être satisfait.
Nous venons vous prier qu'au temps de cette fête,
Qu'à celebrer icy tout le peuple s'apprête,
Vous ne permettez pas qu'aucun de ces Bergers
Soient à leur ordinaire inconstans & legers,
Ny qu'ils aillent au gré de l'ardeur de leurs Princes,
Au lieu de nous aimer ravager des Provinces.
C'est une cruauté qu'ils nous font tous les ans
A peine se sont-ils déclarez nos Amans
Qu'au mépris de leur foy, de vo°, & de nos charmes
C'est de trahir nos feux, & de courir aux armes.
Ils ne nous tiennent rien de ce qu'ils ont promis :
Chez eux la perfidie est un crime permis,
Le parjure chez eux devient du bel usage,
La foy de leurs sermens n'a rien qui les engage.
Grand Dieu nous vous prions de leur guerir le cœur
De cette violente & ridicule ardeur,
Et de leur redonner pour nous & pour nos charmes
Ce penchant déreglé qu'ils n'ont que pour les ar-

MOMUS.   [mes

Oh c'est ce que je prétens bien.
Je m'attens bien de mettre ordre à cette sottise,
Et lorsqu'ainsi je m'humanise,

E

BERGER.

Vous pouvez bien juger que ce n'eſt pas pour rien
Dans le Ciel Criſtalin j'ay bien d'autres affaires,
Mais je veux ſur ce point contenter les Bergeres.
Dites-moy des Paſteurs qui cherchent les combats
Entr'autres n'eſt-il point un certain Lyſidas.

DAVE.

Oüy, Seigneur, il n'a pû ſouffrir vôtre preſence,
Et du moment qu'il vous a vû,
Le remods de ſa conſcience
A fait qu'il a diſparu.

MOMUS.

Le perfide a bien fait, car je ſuis en colere
De ſon infame procedé :
Et dans le noir couroux dont je ſuis obſedé,
Je l'aurois reduit en pouſſiere.
Mais quelle eſt la Bergere à qui cet impoſteur
A voulu témoigner ſon indigne tendreſſe.

PHILIS.

Amarille avancez : vous la voyez, Seigneur.

MOMUS.

De l'ingrat Lyſidas vous êtes la Maîtreſſe.

AMARILLE.

Il m'a dit quelquefois qu'il m'aimoit.

MOMUS.

Le menteur.
Suffit. J'ay quelque choſe importante à vous dire,
Que l'on nous laiſſe ſeuls : qu'un chacun ſe retire,
Cependant que l'on s'aime & que l'on n'aille pas
Preferer à mes feux ni guerre, ni combats.

SCENE IV.

MOMUS, AMARILLE.

MOMUS.

OH ça confessez-moy la verité Bergere ;
Vous sçavez qu'il est dangereux.
De cacher ce qu'on pense au plus puissât des Dieux.
Aimez-vous Lysidas d'une amitié sincere
Là parlez librement ?

AMARILLE.

Puisque c'est vous, Seigneur,
Qui donnez de l'amour, & qui faites qu'on aime:
Vous pouvez bien sçavoir aussi bien que moy-même
Si je sens pour luy quelque ardeur.

MOMUS.

Ciel que l'on a de peine à des Gens de Village.
Ce n'est pas-là parler, vous ne répondez pas.
Je vous demande aimez-vous Lysidas,
Le trouvez-vous joly là, bienfait, de bon âge?
Ou si vous ne l'aimez pas?

AMARILLE.

Je le trouve joly, bienfait, & de bon âge :
Mais je crois n'en devoir pas dire davantage.
Pour le reste Seigneur vous le devez sçavoir.

MOMUS.

Oh oüy oüy : s'en est plus que je n'en voulois voir:
Mais nous ferions mieux à l'ombrage,
Je crois que j'apperçois certain Haître icy prez ;
Je ne l'ay fait planter en ce lieu même exprez
Qu'afin qu'il m'offre son feüillage,

E ij

BERGER.

Allons un peu deſſous prendre le frais.

AMARILLE.

Mais, Seigneur, ſi je vais avec vous ſous ce Haître,
Et que vous m'honoriez d'un trop long entretien,
Nos Bergers ne diroient-ils rien,
Si le même deſein les y faiſoit paretre.   4 00

MOMUS.

Non non : que diroient-ils.

AMARILLE.

Que ſçais-je moy peut être
Que voudriez m'en conter.

MOMUS.

Non non: de cette erreur n'allez point vous flatter.
Il n'y viendra pour tout que le maraut, le traiſtre
Leffronté, le Pendart, l'Inſolent Lyſidas.

AMARILLE.

Excuſez moy, Seigneur, mon Dieu je ny vais pas.
Ah que de compliments & de ceremonie
Quoy ! vous ne voulez pas que je vous y marie :
Si vous ne voulez pas il n'en eſt jamais rien.

AMARILLE

Vous me pardonnerez, Seigneur, je le veux bien

MOMUS.

Allons donc vite.

AMRILLE.

Hé bien malgré vôtre colere
Vous daignerez, Seigneur me donner Lyſidas.

MOMUS.

Oüy pourvû, s'y prenant de la belle maniere
Qu'il vienne m'adorer, & ne m'inſulte pas
Et que vous me faſſiez un recit veritable
Là dites-moy pour luy ce que vous reſſentez.

AMARILLE.

Seigneur vous avez bien des curioſitez.

MOMUS.

Oüy j'ayme à m'informer dequoy je rens capable
Vn cœur qui suit mes volontez.

AMARILLE.

Oüy, Seigneur s'il vous faut dire mes veritez,
Lysidas me paroît aimable,
Quand je le vois tous mes sens sont flattez
De certaine ardeur agreable.

MOMUS.

Ne sentez vous jamais pour moy rien de semblable

AMARILLE.

Vous sçavez bien, Seigneur, ce que je sens pour
[vous.

MOMUS.

Il est vray, je le sçais mais il me sera doux
D'apprendre quelle ardeur vous touche,
Et d'en être informé par vôtre propre bouche.

AMARILLE.

Je ne le dirois pas si l'on nous écoutoit
Mais nôtre solitude à cela me convie
Oüy Dieu je vous cheris cent fois plus que ma vie,
Jamais je ne vous vois que je ne sois ravie,
Je ne vous perds jamais de veüë qu'à regret.

MOMUS.

Voyez la petite friponne,
Vous en dites pourtant plus que vous n'en pensez.

AMARILLE.

Non & je crois Dieu me pardonne
N'en dire pas encore assez.

MOMUS.

Mais si tu m'aymois tant, petite Bergerote,
Di, t'amuserois tu si long-temps à jaser,
Et songerois tu pas plustôt à me baiser
Qu'à rajuster ainsi ta cotte.

AMARILLE.

Seigneur s'il m'est permis de m'expliquer un peu
Seroit ce point à vous à faire cette avance ;

MOMUS.

Oüy : ce seroit à moy si je n'étois pas Dieu,
Mais ce haut rang m'en est une étroite deffence

AMARILLE.

Vôtre haut rang me met dans bien de l'embarras,
Mais il m'importe : Il faut *S'approchant pour le baise*
    Que faire?   [Ciel voilà Lysida

MOMUS.

Dites-luy que je le considere,
Et que j'en feray vôtre époux
Du moment qu'il aura cessé d'être jaloux,
Et qu'il aura soin de me plaire.
Adieu faites sçavoir au Berger Lysidas
Qu'il a quelque interest à ne m'offenser pas.

SCENE V.

LYSIDAS, AMARILLE.

LYSIDAS.

QU'ay-je apperçû donc-là ; n'est-ce point mo
    Esprit jadis en premier lieu, [fantôm
Ombre ensuite dit-on & puis maintenant Die

AMARILLE

En verité Berger c'est être un étrange homme,
De s'alarmer ainsi pour rien.

LYSIDAS.

Comment morbleu pour rien : Est-ce ainsi qu'o
                [m'assomme

Eſt-ce ainſi qu'on me tuë, eſt ce ainſi que l'on nôme
L'outrage qu'il me fait de m'ôter tout mon bien?

AMARILLE.

Quel bien vous ote-il ?

LYSIDAS.

      C'eſt vous ſeule morbleu.

AMARILLE.

Certes vous vous plaignez ſans ſujet de ce Dieu,
Et vôtre emportement n'eſt pas trop raiſonnable.

LYSIDAS.

En effet je luy ſuis encor bien redevable.

AMARILLE.

Je ne dis pas cela: mais enfin, Lyſidas,
Puiſque vous me voyez il ne m'enleve pas :
Du côté de ce Dieu vous n'avez rien à craindre,
Et loin que vous ayez ſujet de vous en plaindre,
    Il me venoit de propoſer
Que ſi vous aviez eu quelque ſoin de luy plaire
    Il nous auroit ſervy de Pere,
Et luy même eut pris ſoin de nous faire épouſer.

LYSIDAS.

Et dans quel temps cela, quand vous l'alliez baiſer.

AMARILLE.

    Ciel l'impertinente demande
Que de raiſons : Je vois que je ne vous plains pas,
Il faut s'en conſoler : La perte n'eſt pas grande.
    Adieu le Berger Lyſidas.

SCENE VI.

LYSIDAS.

Oüy tout autant vaudroit qu'il vo° eut enlevée;
Tygreſſe, que d'oſer vous baiſer à mes yeux.
       E iiij

Pourtant si je ne suis qu'un pauvre malheureux,
Je porte dans mon cœur l'honnêteté gravée,
  Et j'aimerois mille fois mieux
Une Bergere honnête au coin d'un bois trouvée
  Qu'un reste du plus grand des Dieux.
  Quelque sot. Mais étois-je digne
D'un malheur à verser une Mare de pleurs,
  Moy des Pasteurs le plus insigne,
  Moy la terreur des loups & des voleurs,
Et moy qui de Pales sortant en droite ligne
  Devrois recevoir cent honneurs.
  Pour un Esprit une ingrate me quitte
  Qui n'est peut-être qu'un Lutin
Qui n'ose contre moy hazarder son destin,
Et qui ne me voit point qu'il ne prenne la fuite.
Aussi c'est ma bêtise, il eût bien mieux valu
Prendre dés quatorze ans le parti de l'armée
Que de laisser ainsi prendre un droit absolu
Sur mon ame à l'Amour dont elle est alarmée.
Que sçay-je moy peut-être en ce même moment
  Je suis de fatigue & de peine,
  Je serois un grand Capitaine
  Ou bien j'aurois un Regiment.
  Mais helas je ni songe pas,
Et quand je me souviens de traits de ma cruelle,
  J'oublie combien elle est belle,
  Et combien j'aurois d'embarras
  A vivre un seul moment loin d'elle,
Et toy, cruel Amour, toy qui causes les maux
Dont mon ame se fait une triste habitude,
  Enseignez-moy pour mon repos
Quel party je dois prendre en cette incertitude,
  Car quoy ! que faire en ce malheur,
  Dois-je rompre avec Amarille,

Ou bien l'aimer toûjours avec la même ardeur,
Helas l'un des deux n'est pas seur,
Et l'autre est encor moins facile.
Si je l'ay déja vûë deux fois entre les bras
D'un faquin qui luy fait les yeux doux avec pompe,
Peut-être elle voit bien qu'il l'abuse & la trompe,
Et pour cela peut-être elle ne me haït pas.
Helas, c'est ce qu'il fautque je tâche d'aprendre,
Car aussi-bien prevois-je avec tout mon courroux
Que si je luy trouvois des sentimens plus doux :
Je ne pourrois pas me deffendre,
D'être plus Amoureux, que je ne suis jaloux.

ACTE III.

SCENE I.

MOMUS.

Mais quand je songe à la conduite
Dont se gouverne icy l'Amour
Qui tantôt m'accompagne & puis tantôt me quitte
N'auroit-il point envie en ce mortel sejour
Avec son feu de chatemite
De me joüer de quelque tour.
Je n'en jurerois pas, car sur tout l'autre jour,
A voir ce que pour moy ressentoit Amarille,
Mon cœur avoit déja certaine émotion,
Et quoy que je sois peu fragile,
Il m'étoit déja difficile
D'éviter la tentation
Et doux sentimens si fertile.
Dés que nous fumes en ces lieux

F

BERGER.

Il fit venir vers moy cette jeune Bergere,
Elle vint m'admirer & tâcher de me plaire,
Et n'auroit pas demandé mieux
De me faire devenir Pere
De quelques petits demidieux.
Mais il a sur ma foy beau faire
Qu'il fasse du pis qu'il pourra,
Jamais je n'aimeray de mortelle sur terre,
Et ce ne sera point par là
Que je perdray le droit de luy faire la guerre,
Et de railler le maître du tonnerre
Sur les femmes qu'il aimera.
Si par hazard quelque mortelle
A tant soit peu l'œil à mon goût,
Je badineray bien un quart d'heure avec elle,
Mais aussi ce sera le tout.
Amarille il est vray ne me deplairoit pas,
Mais ce que j'en ay fait ce pendant avec elle
N'étoit que pour choquer la jalouse cervelle
De son Amoureux Lysidas.
Comme je sçais pour moy quelle fut sa tendresse,
Je ne veux point pousser la malice plus loin,
Mais il faut que je sçache aussi si la Prêtresse,
En luy faisant quelque carresse
Ne m'aimeroit pas au besoin.

SCENE II.

ZELIDE, MOMUS.

ZELIDE.

Qu'as-tu donc fait au Ciel, trop heureuse Amarille,
Pour meriter qu'un Dieu charmé de tes appas

L'abandonne, & vienne icy bas
Te donner sur les miens l'avantage tranquille
Que les plus fins des Grecs ne me refusent pas.
Jusqu'icy ta beauté m'avoit laissé paisible,
Et je m'imaginois que sans trop me flatter
    La Bergere la plus sensible
    N'eut osé me le disputer?
Mais enfin s'en est fait puisqu'un Dieu qui t'aime
Prononce en ta faveur & te préfere à moy,
Je demeure d'accord que j'eus un tort extrême
    De m'oser comparer à toy.
Mais que dis-je ce Dieu ne l'adore peut être
Que parce qu'il luy croit une foible vertu,
Et qu'à voir celle dont mon cœur est revêtu
Ce Dieu desesperoit de s'en rendre le maître,

MOMUS.

    Comment oh oüy dea le moyen
Que l'Amour vint à bout d'un cœur comme le sien

ZELIDE.

Mais enfin il l'adore & l'heureuse Amarille
Chere au plus souverain de tous les immortels
Va voir en son honneur aux champs & dans la ville
Allumer de l'encens & fumer des Autels :
Elle va de ce Dieu partager la puissance,
Elle va partager son empire & ses droits,
    Et nous qu'égaloit autrefois
    Nôtre rang & nôtre naissance,
Il nous faudra soûmettre & recevoir ses loix.
Rien pour subir ses loix si de son haut rang fiere
Elle ne s'enfloit point de trop de vanité,
Et si ne sçachant plus ce qu'elle a tant été,
Elle n'insultoit point au beau nom de Bergere,
Mais qui croira qu'aimée & maitresse d'un Dieu
Elle puisse fermer l'entrée de son ame

BERGER.

A l'orgeüil qui toûjours enflame
Ceux qu'un fort plus heureux éleve quelque peu.
Vn Dieu : voir un Dieu pour te plaire
Etaler sa tendresse, & vanter son ardeur
Ciel jamais un plus grand bonheur
A-t'il, û contenter une simple Bergere :
Voir qu'un Dieu s'humanise & descende icy bas
Comme il a fait pour ma rivalle :
Non, il n'est point de gloire à cette gloire égale,
Et je l'acheterois au prix de cent trépas

MOMUS.

Cent trépas : c'est trop peu, mais si tu veux pour mil-
Je suis prêt de t'aimer tout autant qu'Amarille. [le

ZELIDE.

Quoy vous pourriez, Seigneur, vous resoudre à

MOMUS.   [m'aimer

A t'aimer en mourant gaye comme Lucrece
Afin de m'asseurer de toute ta tendresse,
Et combien je t'ay sçû charmer.

ZELIDE.

Quoy, Seigneur pour se faire aimer d'une maitresse
Les Dieux n'ont-ils point donc de plus douce cares-
Parle-ton de mourir au Ciel pour enflamer, [se,

MOMUS.

Oh oh ! mon feu je crois te ravit en extase
De l'air dont tu tournes la phrase,
Il n'est pas question d'adorer tes appas :
Je dis que pas mille trépas
Tu peux meriter ma tendresse,
Et que c'est seulement en ne differant pas
Que tu peux t'eslever au haut rang de Déesse

ZELIDE.

Veit-on encor jamais tel galimatias.
Hé quoy ! qui peut aimer peut-il vouloir qu'on
                                        meure

MOMUS.

Sans doute, & tant de jeunes veaux
Qu'aux Autels on tuë à toute heure
Te sont une preuve assez seure
Que les meurtres nous semblent beaux.
L'usage est peu commun chez vous autres Mortels
D'exprimer vôtre ardeur au prix de vôtre vie,
Mais chez nous c'est la mode à quoy je te convie :
Jamais on ne nous sacrifie
Qu'on n'ensanglante nos Autels:

ZELIDE.

Quelle mode, vray Dieu, quoy pour vous pouvoir
Vous me conseillez de mourir, [plaire
Et quand dans le tombeau j'aurois rejoint ma mere
Dequoy vous pourrois-je guerir ?

MOMUS.

Ne t'inquiette point de mon ordre informée
Obeïs seulement, fais ce que je te dis :
Hâte-toy de mourir ce ne fut qu'à ce prix
Que du grand Jupiter Semelé fut aimée:
Meurs ferme, & du même œil envisage la mort
Que si pour te baiser je faisois quelque effort.
Fais luy compliment sur ses charmes
D'aussi loin que tu la verras,
Et luy dis, Monsieur le trépas,
En verité vous avez tant d'appas
Que c'est avec plaisir que je vous rends les armes:
Car si tu la voyois d'un œil peu resolu,
Et qu'à tes yeux la mort ne parut pas aimable.

ZELIDE.

Ce marché là Seigneur, n'est pas encor conclu.

MOMUS.

Je te laisse y penser, petite Impitoyable,
Ah que si tu voulois avant qu'il fut deux jours,

G

Mais quelqu'un vient. Adieu le lieu n'est pas tena
Ecoute, communique à Pyrrha nos Amours, [bl
Fais luy de mes ardeurs un recit assez ample,
Et luy dis que je suis allé l'attendre au Temple.

SCENE III.

ZELIDE, AMARILLE.

ZELIDE.

Avoir quel est vôtre bonheur
Lors qu'un Dieu s'empresse à vous plaire,
Et qu'il quitte le Ciel son sejour ordinaire
Pour vous venir icy témoigner son ardeur,
Je ne sçais si je dois encor vous nommer sœur.
    Le sort est si remply de gloire
    De voir un Dieu brûler pour nous,
    Qu'il est bien difficile à croire
    Qu'au milieu d'un état si doux
    On ne perde pas la memoire
De ceux même de qui l'on se montroit jaloux.

AMARILLE.

Il est certain que c'est une douceur extrême
    De voir pour nous gagner le cœur
    Un Dieu comme celuy qui m'aime
Nous jurer à nos yeux une éternelle ardeur,
Ce n'est rien que l'Amour que vous portent les
hommes,
La pluspart d'eux ne sçait ce que c'est que d'aimer,
    Surtout au pays où nous sommes
Je ne sçais comme on peut se laisser enflamer
Les bergers de ces lieux n'ont ny foy ny constance,
Ils ne respirent rien que sang & que trépas,

Et dans leur froide indifference,
Outre qu'ils ne vous ayment pas,
Ils ont bien souvent l'impudence
De mettre leurs foibles appas
Avec les nôtres en balance.
Les Dieux aiment bien autrement,
Ils ne côptent pour rien leurs attraits ni leurs char-
Ils font toute leur gloire & leur contentement [me.
D'avoüer nôtre empire & nous rendre les armes,
Et c'est à qui pourra par les pleurs & les larmes
Se montrer plus sincere & plus parfait Amant.

ZELIDE.

Il n'est pas besoin d'avantage
Que vous vous engagiez au long discernement
De l'air dont use un Dieu qui se declare Amant,
Et celuy d'un Berger qui tient même langage :
Je sçais en quels discours s'expliqent tous les deux

AMARILLE.

Quoy ! tu sçais comme un Dieu s'exprime quand il

ZELIDE. [aime.

Peut-être je le sçais aussi bien que vous même.

AMARILLE.

Je suis perduë ! ô Cieux
Le cruel me trahit, ô ingratitude extrême,
Mais depuis quand sçais-tu côme parlent les Dieux

ZELIDE.

Depuis que l'immortel à qui vous fûtes chete
Trouvant en moy quelques attraits
M'assura que j'avois le bonheur de luy plaire,
Et qu'il me confia quelques ordres secrets.

AMARILLE.

Ciel ! as-tu des carreaux assez pour cette tête
Qui m'arrache à la fois ma proye & ta conquête,
Va joüis de l'Esprit autant que tu voudras

G ij

Ce n'est pas mon dessein que d'y mettre d'obstacle.

SCENE IV.

ZELIDE.

A La foy d'un pareil oracle
Je ne me fieray pourtant pas,
O Ciel ! avec combien de rage
Elle à sçû que j'avois entretenu ce Dieu,
Si l'ingrate avoit sçû que ce n'est rien que jeu
Que tout ce que j'ay dit à son desavantage,
Qu'elle auroit esté loin de ce transport sauvage
Qui faisoit dans ses yeux éclater tant de feu.
Il est aisé de voir pour aimer cette impie
Qu'il n'a pas exigé pour gage de sa foy
Qu'elle consentît comme moy
A mourir & perdre la vie.
Quand on aime un amant, quand on le croit parfait,
Et qu'on brûle pour luy d'une sincere flâme,
Vn mépris supposé ne peut pas tout-à-fait
Le faire ainsi sortir d'une ame.
Je sçauray le faire valoir
Ce mépris dont ton cœur s'est animé trop vîte,
Et tu connoîtras par la suite
Que je sçauray m'en prévaloir.

SCENE V.

ZELIDE, CORIDON.

CORIDON.

H Eh bien est-ce aujourd'huy que madame Zelide
Va souffrir qu'on luy vienne un peu faire la
[Cour

Et luy parler un peu d'Amour
Sans que son cœur s'en intimide:

ZELIDE.

Mon Dieu, si Monsieur Coridon
N'a point de compliment plus honnête à me faire,
Il m'obligeroit bien d'aller loin du Strymon
Exercer sa valeur guerriere.
Voyez le beau début de venir de sang froid
M'insulter à mon nez,

CORIDON.

Quand on fait ce qu'on doit
On ne donne point lieu de se faire reprendre:

ZELIDE.

Mon vray devoir seroit de ne vous pas entendre

CORIDON

Eh point tant de couroux, tu sçais bien le penchant
Que j'eus de tout temps pour les armes.

ZELIDE

Rien ne vous tient : allez vous faire conquerant,
C'est vôtre vray métier que d'arracher des larmes:

CORIDON.

Ce seroit bien-tôt fait au moins,

ZELIDE.

Rien ne t'empêche,
Je voudrois déja de bon cœur
Qu'on m'eut dit qu'en faisant remarquer ta valeur
Tu fusses mort sur une bréche,

CORIDON.

Coridon, Coridon, quel caprice t'a pris
De te mettre l'Amour en tête,
Je maintiens qu'à moins d'être bête
On ne peut d'amour estre épris.
Mais encor.

G iij

ZELIDE.

Mais encor : laissez moy-là vous dis-je

CORIDON.

A ne me pouvoir voir quel sujet vous oblige,
Qu'ay je fait : qu'ay je dit ? quoy! me refuser tout
Jusqu'aux moindres faveurs, jusques à la parole.
Ah ma foy, c'est pousser ma patience à bout.
　　　　Mais du moins ce qui me console,
C'est que me dévoüant tout entier au grand Dieu,

ZELIDE.

Quel Dieu ?

CORIDON.

　Le Dieu qui fait le dessein d'une armée.

ZELIDE.

C'est encor certes un Dieu de bonne renommée,
Témoin le tour qu'il fit à Vulcain dont le feu
Forge de Jupiter la foudre inanimée.

SCENE VI.

ZELIDE, CORIDON, PHILIS, DAPHNIS.

CORIDON.

CHer Daphnis, qu'à propos tu te rends en ce lieu
　Pour voir de quel air on me traite.

DAPHNIS.

Quoy ta paix n'est point encor faite
Nous sommes donc à deux de jeu.

CORIDON.

Ma foy je suis bien las de tout ce tripotage,
Et j'ay bien la mine à mon tour
D'envoyer paître au premier jour.

La Bergere, l'Amour, & tout son équipage.
Je ne trouve rien plus plaisant
Chaque fille se croit plus belle que l'Aurore,
Et la plus chetive pecore,
A moins qu'un homme ne l'adore
Le traitera de paillant,
Trop seures du pouvoir qu'elles ont sur les hômes
Elles n'ont bien souvent pour eux que du mépris,
Mais si nous faisions bien tout autant que nous
    sommes
Nous leur ferions bien voir que chacun vaut son
    prix.
Si tous les hommes comme moy
Vouloient fermer la veüe à leurs coqueteries
Les femmes à ce que je croy
Ne seroient pas si rencheries:
Nous leur donnons sur nous l'empire qu'elles ont,
Si nous ne marquions point pour elles se foiblesse,
Telle dont sont la froideur nous blesse,
Et qui ne nous voit point sans se rider le front,
Deviendroit la premiere à nous faire carresse.
Elle auroient a lors pour nous
L'amour que nous avons pour elles,
Et telles cesseroient de faire les cruelles
Qui se font un plaisir d'affecter du courroux
Pour éprouver le cœur de Bergers trop fideles.

PHILIS.

Hé bien avez vous bien-tôt dit?
Vous êtes certes encore un charmant personnage,
Et si tous les Bergers qui hantent ce boccage
Avoient autant que vous d'esprit,
La presse seroit grande à courir à crédit
Vous flatter & vous rendre hommage.
Le Thrace à ce qu'on dit est rustique & grossier,

Et son humeur farouche en tous lieux semble
    étrange
Mais il faut qu'en passant j'avoüe à sa loüange,
Qu'en cela Coridon de Thrace est le premier
Daphnis n'est pas exempt de cette humeur sauvage.
Que le climat attache à chaque homme en naissant
Mais du moins il le sçait, & n'entre point en rage
    Quand une femme l'en reprend.

CORIDON.

Ah, ah ce n'est donc plus Zelide
Qui me va quereller & faire mon procez.
    Ah voyons un peu quels sujets
Comme elle vous aurez de m'appeler perfide ?

PHILIS.

Oüy dea, c'est ce que l'on va faire :
Vôtre entretien sans doute est aimable & fort doux
Il faudroit bien manquer de sens & lumiere
Pour rester seulement un quart-d'heure avec vous.
    Allons Zellide Allons.

SCENE VII.

CORIDON, DAPHNIS.

CORIDON.

ET nous pourrions Daphnis
  Aprés de semblables outrages
Etre encor de l'Amour les esclaves à gages,
    Et ne vivre que de soucis.
Il faudroit être fous. Vivons, vivons en Thrace
Et qu'il ne soit pas dit qu'amolis par l'Amour
Nous ayons refusé de marcher sur les traces

De

De ceux dont nous tenons le jour.
Chaſſons, chaſſons bien loin l'ardeur & la tendreſſe
Qui de tous nos Ayeux flétriroit les lauriers,
Et laiſſons au peuple de Grece
Se piquer follement de la lâche molleſſe
Qui doit faire rougir des hommes nez guerriers,
Nous ne naiſſons que pour les armes,
Et ce n'eſt qu'au milieu des piques & des dards
Que la poſterité de Mars
Doit ſe plaire & trouver des charmes.
L'heme ſouffre à regret de voir ſur ſes rivages
Des Bergers ſoupirer d'amour,
Et c'eſt pour cela ſeul peut-être qu'en ce jour
On reçoit ſi mal nos hommages.

DAPHNIS.

Las ! s'il étoit ainſi que j'irois de bon cœur
Combattre ſous Leandre aux rives de l'Iſere,
Mais je doute bien qu'au contraire
Ce qui fait que Philis mépriſe mon ardeur,
C'eſt qu'elle craint pour mon malheur
Que je ne la quitte & préfere
Le plaiſir de pouvoir ſignaler ma valeur
Au contentement de luy plaire.

SCENE VIII.

CORIDON, DAPHNIS, DAVE, CLITANDRE.

CLITANDRE.

H bien ! eſtes vous reſolus,
Allons nous tous joindre l'armée ?
Voila Dave qui vient & ne reſiſte plus.

H

DAPHNIS.

Quoy Cleantis n'est plus aimée.

CLITANDRE.

Non la guerre à present est tout ce qui luy plaist,
Il ne soûpire plus si ce n'est pour la gloire.

DAPHNIS.

Ta chere Cleantis n'est plus en ta mémoire.

DAVE.

Clitandre tout du moins me le veut faire accroire.

CLITANDRE.

Je dis la chose comme elle est
Ne m'as tu pas donné parole ?

DAVE.

Eh ne me battez point pour cela s'il vous paît.
Oüy bien je le confesse au cas
Comme je vous ay dit qu'avec nous Lysidas
Soit d'humeur à venir en Gaule,
Non seulement j'y vais, mais j'y cours & j'y vole.

CORIDON.

A cela que dira Daphnis ?

DAVE.

Daphnis : Daphnis dira qu'il est de mon avis.

DAPHNIS.

La chose d'elle-même est assez d'importance
Pour meriter bien qu'on y pense,
Pour cela tout du moins je vous demande un jour.

CLITANDRE

Au lieu d'un, deux Daphnis, mais quitte là l'Amour,
Songe que la Fête se passe,
Et que c'est toûjours en ce temps
Que le Dieu qui preside en Thrace
Range sous ses Drapeaux ses plus dignes enfans

DAVE.

Dignes enfans de Mars, ah ! Capitaine Dave

Quel plaisir d'être poule & de passer pour brave.

ACTE IV.

SCENE I.

AMARILLE.

Qui l'auroit jamais cru que le Ciel dans son sein
   Auroit pû produire des traîtres,
Et que de nos destins les juges & les maîtres
Aux crimes les plus noirs osent prêter leur main,
Qui croiroit que les Dieux capables de caprices
   N'eussent ni foy ni fermeté
   Et qu'ils fussent subjets à l'infidelité.
      Le plus affreux de tous les vices.
Il est ainsi pourtant, & ce n'est point un jeu,
La mode à mes depens leur en devient nouvelle
      Je me flattois d'aimer un Dieu,
      Et je n'aimois qu'un infidele,
      O Ciel aprés tant faveurs
Dont je l'avois comblé d'une main liberale
      Me preferer une rivale,
      Et n'écouter plus mes ardeurs,
Voit-on encor jamais pareille perfidie,
      Et l'homme le plus criminel
      Que puisse detester l'Asie
      A t'il rien fait d'aussi cruel?
      Fuïr & négliger ma tendresse
      Dont il faisoit tout son bonheur?
L'avois-je merité moy qui l'aimé sans cesse,
      Aux dépens de mon propre honneur?
Ciel tu me veux punir d'avoir esté si vaine

L'AMOUR

Que de soûpirer pour un Dieu,
Mais je me soucierois fort peu
De tout le malheur qui m'entraine
Si pour moy Lysidas n'avoit aucune haine.

SCENE II.

LYSIDAS, AMARILLE.

AMARILLE.

Et s'il brûloit toûjours pour moy du même feu,
Oüy Berger trop charmant, Berger trop agrea-
Et Berger que j'aimeray trop peu,   [ble,
Vn Amant comme toy vaut mille fois le Dieu
Dont la legereté m'accable.

LYSIDAS

Il est bon
Sur ce ton.

AMARILLE.

Je devois t'aimer davantage,
Je devois agréer tes feux
Et ne pas rejetter les veux
Dont tu me presentois l'hommage.

LYSIDAS.

Oh, oh donc pour moy vous avez de l'amour,
Oh ma foy vous pourrez me prier à mon tour.

LYSIDAS.

Quoy Lysidas pouvoit m'entendre,
Lors que je m'expliquois en faveur de ses veux,
Je m'en repentirois si son cœur jeune & tendre
Ne brûloit pas toûjours pour moy des mêmes feux.

LYSIDAS.

Non ma foy, maintenant je ne sçaurois comprendre

Comme

Comme l'on peut être amoureux :

A moy n'appartient pas tant d'honneur que de
prendre
Pour l'objet de mes soins la maîtresse des Dieux.
Pour la punir un peu de sa bisarrerie
Il est je crois bien juste à son tour qu'elle me prie.

AMARILLE.

Quoy Lysidas ne m'aimer plus,
Vn si grand changement seroit-il bien possible?

LYSIDAS.

Non ma foy, grace à vos rébus
Du côté de l'Amour je me sens fort paisible.

AMARILLE.

Lysidas n'avoir plus pour moy
L'ardeur dont tant de fois il me vanta la flâme.

LYSIDAS.

Non : l'Amour à present ne me fait plus la loy
Je suis le maître de mon ame.

AMARILLE.

Mais que vous ay-je fait, Berger, pour vous piquer
De n'avoir plus pour moy ni flâme ni tendresse ?

LYSIDAS.

Je ne sçais, mais enfin la moindre ardeur me blesse,
Et par certain malheur qu'on ne peut expliquer
Je trouve que l'Amour n'est rien qu'une foiblesse.

AMARILLE.

Vôtre exemple est trop bon pour ne le suivre pas.
Il faut que je n'aime personne,
Que je quitte & que j'abandonne
Tout jusqu'au Berger Lysidas.

LYSIDAS.

Quoy ! vous pourriez malgré ma constance &
ma foy
Ne pas être sensible à l'ardeur qui m'enflâme.

I

AMARILLE.

Non, l'Amour à present ne me fait plus la loy,
Je suis maitresse de mon ame,

LYSIDAS.

Mais qu'ay-je fait encor qui vous ait pû choquer
Pour reste insensible à toute ma tendresse?

AMARILLE.

Je ne sçais, mais enfin la moindre ardeur me blesse,
Et par certain malheur qu'on ne peut expliquer,
Je trouve que l'Amour n'est rien qu'une foiblesse.

LYSIDAS.

Bergere je ne croyois pas
Que l'Amour à vos yeux parut une foiblesse.

AMARILLE.

Je n'aurois pas crû Lysidas
Que vous condamnassiez l'Amour & la tendresse.

LYSIDAS.

Si tout ce que j'en ay vous pouvoit plaire! helas,
Amarille je n'aurois garde
De tenter ce que je hazarde
En condamnant d'amour le charme & les appas.

AMARILLE.

Berger? si mon ardeur vous pouvoit être chere
Croyez que je n'aurois aussi garde à mon tour
De traiter ce que j'ay d'Amour
De foiblesse ny de chimere.

LYSIDAS.   [dresse.

Quoy tu pourrois avoir pour moy quelque ten-
Mais dis-moy si l'hymen une fois nous unit
Me promets-tu jamais de n'avoir de foiblesse
Pour ce certain Monsieur l'Esprit?

AMARILLE.

Ciel où va prendre donc Lysidas ce qu'il dit;

LYSIDAS.

Hé bien j'ay tort je le confesse :
Ne vous emportez point mais, Bergere, entre nous
S'il est vray que je sois heureux jusqu'à vous plaire
Autant que vôtre ardeur m'est chere,
Qu'empêche que l'Amour serre de nœuds si doux ?

AMARILLE.

A qui tient-il Berger si ce n'est pas à vous ?

LYSIDAS

Dire qu'il tient à moy, trop aimable Amarille,
C'est faire outrage à mon ardeur,
Moy qui borne tout mon bonheur
A vous voir à mes vœux favorable & facile.

AMARILLE.

S'il ne tenoit á vous, trop charmant Lysidas,
Vn heureux & prompt Hymenée,
Devant que le Soleil eût finy la journée
Vous feroit posseder tout ce que j'ay d'appas.

SCENE III.

AMARILLE, LYSIDAS, CORIDON.

CORIDON.

Jeunes cœurs trop heureux souffrez je vous conjure
Que je mêle ma plainte à vos felicitez,
Et qu'au milieu de vos prosperitez
Le triste Coridon murmure.
De ce que le destin luy fait de cruautez.
Quel plaisir à ce qui me semble
Aprés quelques momens d'aigreur & de soucy
Pour deux jeunes Amans de renoüer ensemble,
Et se rapatrier ainsi ?
C'est dans un tel instant que l'Amour dans une ame

L'AMOUR

Répand tout ce qu'il à de pointe & de douceur.

LYSIDAS.

Il est vray que jamais ma flâme
Ne m'avoit fait sentir une si tendre ardeur.

CORIDON.

Comment ne porter point envie à ton bonheur?
Helas! ton heureux sort dont l'excez m'inquiette
   Me vient toûjours persuader
Que le plus grand plaisir, qui puisse posseder
   Une ame amoureuse & bien faite,
   C'est le plaisir de se racommoder
Aprés une froideur ou visible ou secrete:
Je crois, méme je crois dans mon destin fatal
Que dans le doux plaisir qui nous charme & possede
Au moment que l'amour à la haine succede,
Deux cœurs ne voudroient pas n'avoir point été
   mal.
C'est un charme si grand. Mais hélas quand j'y
pense.
Que l'ingrate Zelide est loin de ces bontez,
Ce n'est qu'aigreur, que fiel, que feux, que duretez,
Du moment que vos vœux en sont mal écoutez,
Et qu'elle n'a pour vous que de l'indifference,
   Vos soins, vôtre zele l'offence.
A ses yeux on à beau luy prouver sa constance,
On à beau de ses feux luy vanter les clartez.
Helas point de retour : point de paix avec elle,
Les plus humbles respects ne sçauroient la fléchir
Il n'est point de devoir ni d'ardeur si fidelle
Que sa fierté ne fuye & ne cherche à gauchir.

AMARILLE.

Berger de vos malheurs vous sçavez quelque chose
   Mais je doute bien aprés tout
   Que vous sçachiez la veritable cause

Pourquoy l'on pousse ainsi vôtre tendresse à bout.

CORIDON.

Je ne le sçais hélas ! Bergere, que de reste,
C'est que je déplais à ses yeux.

AMARILLE.

Mais encor sçavez-vous de ce mépris funeste
D'où-vient le transport furieux.

CORIDON.

Non, c'est ce que jamais je ne sçaurois comprendre.

AMARILLE.

Si vous le souhaittez je m'en vais vous l'apprendre,

CORIDON.

Vous me ferez plaisir.

LYSIDAS.

Et moy fort franchement
J'avouë que je n'en ay guere
Lors que je vois que ma Bergere
D'un autre que de moy reçoit un compliment.

AMARILLE.

Ce qui fait qu'à vos vœux Zelide est si cruelle,
Et qu'elle vous aime si peu,
C'est qu'elle aime un esprit qui se dit être un Dieu,
Et qui passe les jours & les nuits avec elle.

CORIDON.

L'ingrate ? quoy , ce Dieu qui deffend les combatt

AMARILLE.

Vous l'avez deviné, justement, c'est luy même,

CORIDON.

Hé quoy donc, n'en déplaise au Berger Lysidas
N'est-ce pas vous qu'il aime ?

AMARILLE.

Il est vray je l'avouë, & ne me défends pas   [pas
Qu'il voulut feindre en moy de trouver quelque ap-
Mais malgré tout l'éclat de sa gloire suprême.

I iij

Mon cœur n'en fit jamais grand cas,
Et n'avois pour luy qu'une froideur extréme
Que j'ay sacrifiée au Berger Lysidas.

LYSIDAS.

Peste que j'ay de peur que mon front ne pâtisse
De cet obligeant Sacrifice.

AMARILLE.

Elle a pour luy l'égard que j'avois autrefois.

LYSIDAS.

Hé-bien ne voilà pas mon compte.
Ah, ah, donc vous l'aimiez, à ce que j'apperçois.
Lors qu'avec luy je vous trouvois,
Ce n'étoit qu'un fantôme, & c'étoit une honte
A moy de croire rien de ce que je voyois.

AMARILLE.

Il est vray comme je vous aime,
Que dans le temps que je vous le disois.
Je me l'imaginois de même,
Et qu'avoir sa figure & son babil extrême,
Je le croiois une ombre, & je ne le prenois
Que pour quelque Satire ou Faune de ce bois.

LYSIDAS.

Et moy vray comme je vous haïs,
Je vous declare desormais
Que je ne croiray rien quoy que vous puissiez dire,
Sinon que vous vouliez m'ériger en Satire
Et faire grand feu de mon bois.

AMARILLE.

Berger c'est bien mal reconnoître
La tendresse qu'on a pour vous,
Mais sans m'exposer au courroux
Que dans vos yeux je vois paroître,
Je tâcheray de vous faire connoître,
Quand vous ne serez plus jaloux,

BERGER.
Que pour moy Lyſidas peut-être
N'auroit pas tort d'avoir des ſentimens plus doux.

SCENE IV.

CORIDON , LYSIDAS , DAPHNIS, CLITANDRE , DAVE, TYRSIS.

CLITANDRE.

QUoy Lyſidas toûjours avec ſon Amatille ;
Eſt-ce donc que jamais on ne s'en déferat

LYSIDAS.

C'en eſt fait, vous voyez de mes yeux je l'exile
Pour ne jamais paroître où Lyſidas ſera.

DAVE.

C'eſt dequoy j'ay grand peur.

LYSIDAS.

Parbleu me voilà libre
Autant que ſi jamais je n'avois eû d'Amour,
Et je ſuis preſt ſi l'on veut de ce jour
De marcher du côté du Tibre
Voir un peu dequel air on y bat le Tambour.

DAVE.

Teſtebleu que long-temps durera cette tréve
Qu'il dit qu'il vient de faire avec l'amour,
Je vais gager qu'avant la fin du jour
Il me dira des fois plus de vingt qu'il en creve.

DAPHNIS.

Et toy donc Coridon : mais qu'as-tu

CORIDON.   Moy j'enrage

Que ne ſuis-je déja party,

CLITANDRE.

Oh voilà qui va bien cela, ferme, courage,
Allons enfans, allons; prenons le bon party
Sans nous amuser davantage
A faire ce que fait un Amoureux transi.
Il nous faut imiter ces braves Amasones
Qui ne font point l'Amour que dans un grand
besoin.
Et le reste du temps ne l'emploient qu'au soin
De donner des combats & ganer des couronnes.
Il nous faut récarter les femmes le plus loin
Qu'il nous. . mais quoy je vois Dave que tu s'éton-
nes.

DAVE.

A vous voir dans la tête un si plaisant dessein
Qui ne s'étonneroit, je vous prie en ma place
De vouloir renoncer à tout plaisir humain,
Et de faire perir la race
Des braves habitans de Thrace
En éloignant d'icy le sexe feminin?

CLITANDRE.

Non Dave, ne crains point; ces illustres Guerriers
Qui ne prennent jamais d'époux
Ne laissent pas ainsi que nous
De goûter de l'Amour les douceurs singulieres.

DAVE.

Oüy parce qu'en tout temps nous nous tenons
De recevoir des faveurs d'elles. [heureux
Mais c'est à sçavoir si les Belles
Aprés les avoir fait dénicher de ces lieux.
A point nómé viendroient y repondre à nos vœux,

CLITANDRE.

Sans doute, & tu vois bien que le plus grand des
Dieux

Leur vient défendre encor de nous être cruelles :
La guerre a ses plaisirs aussi bien que l'Amour,
    Son travail le plus grand delasse,
Il en est de la guerre ainsi que de la chasse
Où cent plaisirs divers se suivent tour à tour.
    A la guerre comme à la chasse
On se munit de dars, de flèches, & d'epieux,
On évite, on poursuit, on attire, on menace,
    On prend un poste avantageux
Et c'est à qui pourra pour lors à qui mieux mieux
Y faire distinguer son art, & son audace.

DAVE.

Le brave Champion.

CORIDON.

Mais sans tant discourir
Si la guerre a pour nous des charmes,
Qui nous empêche de courir
Et de nous ranger sous les armes ?

TYRSIS.

C'est bien dit : Allons de ce pas
Accoûtumer nos mains aux plus rudes combats.

SCENE V.

DAVE, CLEANTIS.

DAVE.

LEs dangereux guerriers : il faut pourtant les
    suivre,
    Car j'aurois peur que quelqu'un d'eux
Ne vint à mes dépens faire le valeureux,
Et commençant par may ses exploits glorieux,
    Me vint faire cesser de vivre.

K

L'AMOUR

CLEANTIS.

Quoy Dave s'enfuit d'où je suis,
Veut-il aussi se mettre au rang des braves ?

DAVE.

Oüy, ma tres chere, helas ! je m'attendris,
A dieu c'est pour jamais, Adieu que je vous dis,
C'est malgré moy qu'il faut ma chere Cleantis
Que j'aille signaler l'illustre nom des Daves.

SCENE VI.

CLEANTIS, ZELIDE, MYRTILLE, PHILIS, CLIMENE.

CLIMENE.

Quel sujet a donc Cleantis
    Ainsi de répandre des larmes,
Elle qui se voit seule heureuse en ce païs,
Et seule dont l'Amant fidele aime les charmes ?

CLEANTIS.

    Helas ! je l'avois toûjours cru
Que j'étois bien heureuse, & Dave raisonnable,
    Mais par un malheur qui m'accable
Pour moy qui l'adorois c'est autant de perdu.

PHILIS.

Est-ce là tout vrayment c'est encor grande perte ?

CLIMENE.

Philis la perte est grande assez,
Et je crois à parler sans parole couverte
    Plus grande que vous ne pensez.

PHILIS.

Comment !

CLIMENE.

Parce qu'il est à craindre
Que si Dave venoit à se faire soldat,
Ton Amant & le mien bientôt ne nous quittât ?
Pour lors nous aurions beau nous plaindre.

MYRTILLE.

Ce que Climene dit pourroit bien arriver.

PHILIS.

Et bien supposez qu'il arrive
Quel mal voulez vous qui s'ensuive
De perdre un amoureux d'hyver.

MYRTILLE.

Je ne sçais pas si vous vous faites
Un plaisir de n'avoir aucun contentement,
Mais quand à moy j'avoüeray franchement
Que je mourrois si j'étois sans Amant,
Et si quelqu'un ne me contoit fleurettes.

PHILIS.

Les fleurettes qu'Amour inspire en ce païs
Sont des douceurs sans doute extrémement galan-
tes.

CLIMENE.

Encor vaut-il à mon avis
Mieux avoir ces douceurs, & passer pour Amantes,
Que de languir dans le mépris.

PHILIS.

Je ne suis point de vôtre avis,
Et ce n'est point là mon alleure
J'aime autant n'avoir point de galans ni d'amis
Que d'en avoir qui soient grossiers, & mal polis,
Et qui ne gardent point avec moy de mesure.

MYRTILLE.

Puisqu'ainsi le veut le païs
Il faut bien se passer à ceux qu'il nous presente

PHILIS.

Moy ! passer pour être l'Amante
De gens qui n'ont ni beaux faits ni beaux dits,
De ce côté Philis est fort vôtre servante.

CLIMENE.

La vie est à mon gré pourtant bien ennuyante
De vivre sans aimer comme prétend Philis.

MYRTILLE.

Il me feroit bien mal de perdre mon Tyrsis.

ZELIDE.

C'est à quoy toutefois vous devez vous attendre :
Car je sçais & de bonne part
Que les Bergers sont tous sur leur depart,
Pour aller se joindre à Leandre.

MYRTILLE.

Quoy mon Tyrsis me manqueroit de foy?

CLIMENE.

Clitandre mon Berger s'eloigneroit de moy ;
Et que nous sert donc cét oracle
Que de sa bouche un Dieu luy-même à prononcé.

ZELIDE.

De rien, & nôtre Amour à moins d'un grand mira-
N'en sera pas plus avancé.   [cle

SCENE VII.

PYRRHA, ZELIDE, CLIMENE, MYRTILLE, PHILIS, CLEANTIS

PYRRHA.

NE vous chagrinez point, Climene, 1200
C'est ce miracle qui m'amene.

De

BERGER·

De la part de ce Dieu je viens vous annoncer
Qui va rendre les Bergers sages,
Et que son feu les va forcer
A vous rendre à jamais de fidelles hommages.
C'est dans le Temple que ce Dieu
Ma revelé ce doux mystere,
Et si vous m'en croyez c'est dans ce même lieu
Qu'à s'en venir prier vous ne tarderez gueres

CLEANTIS.
Sans doute. allons. y de ce pas.

CLIMENE.
Vn tel bienfait vaut bien qu'on ne differe pas

ACTE V.

SCENE I.

LYSIDAS, TYRSIS.

LYSIDAS.
Que l'amour, cher Tyrsis, est une étrange
Et qui nous donne d'embarras.   [affaire,
Du moment qu'un objet à pour nous quelque
appas,
Et qu'il à sçû nous toucher & nous plaire,
Nôtre cœur tâche en vain à s'en deffaire
Il ne rend plus que de foibles combats
Tout ce que nous faisons nous est souvent contrai-
Et l'esprit le moins temeraire   [re,
Incertain de ce qu'il doit faire
Ne sçait ni ce qu'il veut, ni ce qu'il ne veut pas :

TYRSIS.
Hélas ! ignores-tu, cher Lysidas , que j'aime,

L

Et qu'aimant, de ce que tu dis
Je puis bien juger par moy même.
LYSIDAS.
Quoy tu serois aussi dans la peine où je suis.
TYRSIS.
Puisqu'il est arresté que nous prendrons les armes,
Je tâche à n'aimer plus ainsi que tu le dis,
Mais ce cruel effort me coûte bien des larmes
Je n'en dors point toutes les nuits
LYSIDAS.
Ce seroit t'obliger je crois que de t'apprendre
Le secret de n'être plus tendre.
TYRSIS,
Sans doute.
DYSIDAS.
De bon cœur je voudrois le pouvoir.
TYRSIS.
Je te suis obligé, tu peux croire de même
Que si c'étoit assez de le vouloir.
LYSIDAS.
Tu peux si tu voulois, cher Tyrsis, dés ce soir
Guerir de mon Amour extrême
L'excez qui met mon ame au desespoir.
TYRSIS.
Commande moy, cher Lysidas,
Dis seulement en quoy je te puis être utile.
LYSIDAS.
Je n'ose,
TYRSIS.
La raison.
LYSIDAS
C'est qu'elle est difficile.
TYRSIS.
Est-ce donc qu'à present tu me ne connois pas ?

Il n'est rien que pour toy je ne trouve facile.

LYSIDAS.

Tyrſis tu ſçais l'Amour que j'ay pour Amarille,

TYRSIS,

Hé bien.

LYSIDAS.

C'eſt inutillement
Que je t'en ferois la priere.

TYRSIS.

Parbleu voilà bien du myſtere:
Comment n'oſerois-tu parler plus hardiment?
Si tu veux je m'en vais m'engager par ſerment
Sans ſçavoir ce que c'eſt de le dire ou le faire.

LYSIDAS.

Je voudrois bien ſçavoir au vray par ton moyen
Comme je ſuis dans l'eſprit d'Amarille,
Car à n'en point m'entir, il me fâcheroit bien
Pour peu qu'elle m'aimât de fuir ſon entretien
Pour aller ſous un Pan de muraille de Ville
me faire eſtropier en guerrier malhabile.

TYSIS.

Celà n'eſt pas plaiſant.

LYSIDAS.

Il faudroit pour cela
Que tu priſſes d'un Ours la taille, & l'encolure,

TYRSIS.

D'un ours

LYSIDAS.

Oüy.

TYRSIS.

Quel rapport je te prie & conjure
Peut avoir cét animal-là
Avec ton Amarille & toutes tes Amours?

L ij

L'AMOUR.

LYSIDAS.

Ecoûte je vais te l'apprendre.
Deguisé de la sorte & bâty comme un ours,

TYRSIS.

Un Ours.

LYSIDAS.

Des bois prochains dont il en sort toûjours
Tu feras feinte en ces lieux de te rendre ;
Tu t'en viendras sur moy te jetter & me prendre
Hé bien ne sçavois-je pas bien
Quand je te l'aurois dit que tu n'en voudrois rien?

TYRSIS.

Moy pourquoy non ? d'accord, soit Ours.

LYSIDAS.

Alors je verray bien si criant au secours,
Et si tâchant de me deffendre
Amarille qu'icy je ne fais rien qu'attendre
Sinteressera pour mes jours

TYRSIS.

Parbleu s'il fut jamais une métamorphose
C'est celle qu'à present Lysidas me propose :
Me faire Ours & , comment, c'est donc m'urfifier,

LYSIDAS.

Mais sur tout ne vas pas me faire de quartier.

TYRSIS.

Non non,

LYSIDAS.

Vien-t'en sur moy tête baissée
Me manger si tu peux.

TYRSIS.

La drôle de pensée.
D'accord pourvû pourtant entre nous Lysidas
Que la houlette n'en soit pas.

LYSIDAS.

Non exprez je feindray de l'avoir oubliée

TYRSIS.

Parbleu l'expedient eft drôle s'il en fut.
Mais dis-moy fi tu veux en depit qu'elle en eût
Je la tiendrois bien entre mes bras liée.

LYSIDAS.

Non non : fais feulement ce dont je t'ay prié,
Et fois feur qu'un tel bien n'eft jamais oublié.
Pars vîte, car je crois l'entendre qui s'avance.

TYRSIS.

Laiffe faire, je vais l'effrayer d'importance.

SCENE II.

AMARILLE, LYSIDAS.

AMARILLE.

HE bien eft-ce toûjours vous même,
Ou bien fi le courroux que vous m'avez fait
voir
  Cede enfin à l'Amour extrême
Dont l'ardeur fi long-temps à flatté mon expoir.

LYSIDAS.

C'eft ce que j'aurois bien envie de fçavoir
  Si je vous hais ou je vous aime.

AMARILLE.

  Ah n'en doutez point, Lyfidas,
  Quand on parle comme vous faites,
  Il eft certain qu'on n'aime pas

LYSIDAS.

Et qui vous à donc dit mes penfées fecretes,
Voyez. Il eft certain dit-elle aelas !

L iij

L'AMOUR

J'en doute bien pourtant, & même bien je doute
Que bien-tôt ce diantre de doute
Ne me fasse tomber dans bien de l'embarras

AMARILLE.

Qui vit jamais ignorance de même,
Et qui jamais a douté sur ce point,
Et n'est-ce pas sçavoir qu'on n'aime point
Que d'être en doute si l'on aime.

LYSIDAS.

Voyez le beau raisonnement,
Il ne faut point douter, à moins que l'on n'adore
Qu'on ne haïsse épouventablement.
Et moy je veux douter, & vous repete encore
Que je doute, & tres fortement
Si je vous aime ou non, j'appele tendrement.

AMARILLE.

J'apprehende qu'on ne m'écoute,
Combattre si long-temps une ingrate froideur:
Ainsi je ne vous dis rien, sinon que ce doute
Rabat beaucoup de ma premiere ardeur.

LYSIDAS.

Encore une parole.

AMARILLE.

Hé bien:

LYSIDAS.

Et sans colere,
Par quelle raison vous sauver?
Ne voyez vous pas bien que je vous suis sincere,
Et que ce que j'en dis c'est pour vous éprouver?

AMARILLE.

L'épreuve sans doute est plaisante
Où vous voulez mettre mon cœur,
Et la sincerité me semble ravissante
De cacher une chaste ardeur

BERGER.
BERGER

BERGER.

Sous une froideur apparente.

LYSIDAS.

L'une & l'autre le font plus que vous ne penfez,
Et ma precaution eft extraordinaire :
Mais je crois pour conclurre une auffi grande
affaire
Comme eft l'hymen qu'on n'en peut prendre affez.

AMARILLE.

Prenez-en tant qu'il vous plaira :
Mais fi vous n'avez rien de meilleur à me dire,
Il n'eft pas grand befoin lors que je me retire
De me r'appeler pour cela,

SCENE III.

AMARILLE, LYSIDAS, TYRSIS
Deguifé en ours.

LYSIDAS.

Bergere, bergere, au fecouts?
Je me meurs, à moy. Monfieurs l'Ours
Je vous crie mercy.

AMARILLE.

Ciel, & fauvez-vous vite.

LYSIDAS.

Hé quoy eft-ce ainfi qu'on me quitte ?
Oh elle ne m'aime point.

AMARILLE.

Ah fauvez vous, berger.

LYSIDAS.

Ah mon Dieu accourez un peu m' revanger.
Oh elle ne m'aime point : c'eft une joie pure.

L'AMOUR

AMARILLE.

O Ciel !

LYSIDAS.

Pourtant.

AMARILLE.

O Dieux.

LYSIDAS.

Je crois.

AMARILLE.

Je vous conjure.

LYSIDAS.

Et m'allez vous laisser manger,
Encor si j'avois ma houlette,
Je. Monsieur l'Ours ? hé Monseigneur.
Vous êtes trop gentil pour me porter malheur.
Le beau poil, les beaux yeux, & pardon, je vous
prie.

AMARILLE.

Juste Ciel fait de sa vie
Ah j'en mourray preste berger.

LYSIDAS.

Et m'allez vous laisser menger,
Et venez tout du moins me tenir compagnie,
Et pour gage de vôtre foy
S'il faut qu'il m'arrache la vie,
Vous faire manger avec moy.
Monsieur l'Ours, que voulez vous faire ?
Je ne suis pas bon à manger :
n'ay rien que les os. Vous n'auriez qu'à ronger.
C'est Messieurs de là bas sont bien mieux vôtre
affaire.

o. Monsieur l'Ours.

AMARILLE.

C'en est fait, si tu pouvois grand Dieu,

BERGER.

Venir maintenant en ce lieu.

LYSIDAS.

Monsieur l'Ours, dites-moy de grace
Ce que vous voulez que je fasse
Pour que vous ne me mangiez pas.

SCENE IV.

L'AMOUR, MOMUS, LYSIDAS,
AMARILLE, TYRSIS *déguisé.*

MOMUS.

AH, ah donc, Seigneur Lysidas,
Oh voilà ce que c'est que d'aimer les combats.

LYSIDAS.   [je

Ah mon Dieu ! je suis mort, mais encor qu'entens-
Est-ce encor quelqu'autre Ours ? non, qu'apper-
    çois-je, un Ange ?
    Du Ciel on vient me délivrer
Ah encor je commence enfin à respirer.

MOMUS.

Et quoy je te croyois un brave,
Et tout prest à partir pour l'armée avec Dave.

LISIDAS.

Eh mon Dieu sauvez-moy du peril ou je suis,
Et je vous répondray.

MOMUS.

Le peril est sans doute
Grand, & vaut bien qu'on le redoute

LYSIDAS.

Tel qu'il est sauvez m'en.

MOMUS.

C'est bien dit si je puis.

M

LYSIDAS,

Au souverain des Dieux est-il rien d'impossible

AMARILLE.

Hé grand Dieu sauvez-le de ce peril horrible.

MOMUS.

Oüy pour l'Amour de vous bergere , je le veux,
Pourvû qu'il respecte les Dieux ,
Et qu'il ouvre les yeux pour voir & pour connoî
L'amour qui de vos cœurs doit être le seul maît

LYSIDAS.

Oh je connois bien celuy-là ,
Et je vois bien que c'est luy même.
Oüy Dieu vous qui sçavez que c'est patce que j'ain
Que je me vois reduit au point où me voilà ,
Sauvez-moy s'il vous plaît de ce peril extrême

L'AMOUR.

Malgré la noire jalousie
Dont s'embarrassent tes Amours,
Et se broüille ta fantaisie,
Je veux bien asseurer le repos de tes jours
Tréve donc d'imposture : arreste là faux Ours ,
Où cette flêche de ra tête.

LYSIDAS.

Eh ne le tuez pas, c'est une pauvre bête.

L'AMOUR

Qui me choque , & qui me deplaît
D'avoir voulu t'ôter la vie,

LYSIDAS.

Eh non non , Seigneur , s'il vous plaît ,
Epargnez-le , je vous en prie.

L'AMOUR.

Quoy me soutenir à mes yeux
Vne ridicule imposture.

LYSIDAS.

Tout ce que j'en ay fait, Seigneur, c'est pour le
Et c'est par Amour je vous jure.   [mieux,

L'AMOUR.

Ah je n'aime pas qu'on impose;
Qu'il s'en aille bien vite avertir les Bergers
De se rendre dans ces vergers

LYSIDAS.

Sauve-toy.

L'AMOUR.

Cependant dis-moy pour quelle cause.
Ta malice pure l'expose
A tant de maux & de dangers.

LYSIDAS.

Amarille, Seigneur sera-t'elle presente?

L'AMOUR.

Quoy donc la demande est plaisante.
Ce n'est que pour vanger son ardeur & son feu,
Et pour punir l'excez de jalousie
Qui te trouble la fantaisie,
Que je viens de ta bouche exiger cet Aveu,
Il faut bien qu'elle y soit.

LYSIDAS.

Seigneur je le confesse
Je suis capricieux, jaloux, c'est ma foiblesse:
Mais, Seigneur, je vous prie, épargnez-moy
De.   [l'affront

L'AMOUR.

Dequoy.

LYSIDAS.

De.

L'AMOUR.

Dequoy donc.

MOMUS.

D'avoüer luy-même,
Que l'excez d'amour dont il aime
Pour la seureté de son front
Luy suggera ce stratagême.
Ne voyez-vous pas bien?

SCENE V.

L'AMOUR, LYSIDAS, AMARILLE, CORIDON, MOMUS, DAPHNIS, TYRSIS, DAVE, CLITANDRE, *en habits de Soldats.*

CLITANDRE.

Quoy lardeur Lysidas
Au temps qu'il est encor n'être point sous les armes.

L'AMOUR.

Tout beau Pasteurs tout beau ne le condamnez pas,
Lysidas n'a-point tort d'éviter les vacarmes,
Mes ardeurs ont bien d'autres charmes
Que ceux que peut avoir la guerre, & les combats
C'est en vain qu'au de là du fameux mont riphée
Poussez d'une aveugle fureur,
Vous voudriez aller acquerir de l'honneur,
Et meriter la gloire d'un trophée:
Ce n'est rien qu'à l'amour proprement qu'un pasteur.
Doit donner ses soins & son cœur,
S'il ne veut éprouver le même sort qu'Orphée

DAVE.

BERGER.

DAVE.

Je le sçavois bien moy.

MOMUS.

Eh Messieurs de la guerre,
Prenez la peine s'il vous plaît
De poser vos armes à terre.

LES BERGERS *tous d'une voix*.

Qu'à jamais soit benit ce favorable Arrest.

L'AMOUR.

La guerre d'Habitans dépeuple tout le monde.
C'est un torrent qui traine avec soy mille maux :
Au contraire l'Amour dans une paix profonde
Fait goûter la douceur du plus parfait repos ;
C'est l'amour qui produit les plus vaillans Héros.
Si le Dieu de la Thrace à vous suivre l'engage,
Attendez que de moy vous teniez quelque gage,
Qui puisse un jour poussé de vôtre même orgueil
Garantir vôtre nom de l'oubli du cercueil :
C'est alors que sans crainte, & sans faire de crime
Vous pourrez contenter vôtre ardeur magnanime.
Et d'un bras animé d'une juste vigueur
De vos braves Ayeux répondre à la valeur.
Qu'en dites vous Bergers trouvez-vous quelque
      chose ?

LES BERGERS.

      Que nous n'avons garde, Seigneur,
De ne pas obeïr à ce qu'un Dieu propose.

L'AMOUR.

Un semblable respect me charme & me ravit,
      Bergers & pour le reconnoître,
Les Bergeres qu'ici je vais faire paroître
De cent plaisirs divers vont combler vôtre esprit.

                      N

SCENE VI.

L'AMOUR, MOMUS, LYSIDAS, CORIDON, DAPHNIS, TYRSIS, DAVE, CLITANDRE, AMARILLE, ZELIDE, CLIMENE, PHILIS, MYRTILLE, CLEANTIS.

L'AMOUR.

Bergeres approchez, & que cet équipage
Où vous voyez tous les Bergers
N'alarme point vôtre courage.
Chacun d'eux vous adore, & de tous ces vergers
L'Amant qui fut le plus volage,
Est tout prêt de vous rendre hommage.
Si quelqu'un d'eux a feint de ne vous aimer pas,
C'est sur ce que Momus qui n'aime qu'à médire.

MOMUS.

En vous remerciant.

L'AMOUR.

Leur étoit venu dire
Touchant la guerre, & les combats.
Et qu'il vouloit les voir pour rire
Vétus comme ils sont en soldats.

LES BERGERS.

Fy fy.

L'AMOUR.

Qu'on quitte donc cette mine guerriere,
Et que chaque Berger ne songe desormais
Qu'à meriter que sa Bergere,

Se fasse un doux plaisir de remplir ses souhaits.
LES BERGERS.
A vos ordres, Seigneur, nous allons satisfaire:
Fy fy de l'Arc & du Carquois,
Hors d'icy malheureux harnois.
L'AMOUR.
Vous allez donc.
LES BERGERS.
Aimer.
L'AMOUR.
Est-ce une chose seure?
LES BERGERS.
Rien n'est plus asseuré, Seigneur, je vous le jure.
L'AMOUR.
S'il est ainsi Bergers. Allez tous être heureux :
Allez satisfaire vos vœux.
Qu'à jamais Lysidas brûle pour Amarille,
Dave pour Cleantis, & Tyrsis pour Myrtille,
Clitandre pour Climene, & Daphnis pour Philis.
Je veux calmer tous vos ennuis :
Enfin adorables Bergeres
Le Dieu qui fait aimer les cœurs
Vous vient demander grace & de tous les Pasteurs
Vous prier d'oublier les froideurs passageres.
Ils seront tous constans & tous de leur ardeur
Ils sçauront vous donner un tendre témoignage.
Bergeres de leur cœur acceptez donc l'hommage,
Et consentez à leur bonheur.
Consentez à l'Hymen que le Ciel vous ordonne,
Et sans tarder plus long-temps dés ce jour
Allez executer les ordes de l'Amour,
Et goûter à l'envi tous les plaisirs qu'il donne.

L'AMOUR

LES BERGERS.

Qu'elles graces, Seigneur, rendre à vôtre bonté
Pour un ordre si doux & si peu merité.

LES BERGERES.

Grand Dieu qu'elles graces vous rendre
Pour un commandement si charmant & si tendre.

FIN.